Carla Thompkins

Wie mein Onkel Hellmut
dem Albert Schweitzer nacheiferte

Carla Thompkins

Wie mein
Onkel Hellmut
dem
Albert Schweitzer
nacheiferte

Bibliografische Information der Deutschen Nationalbibliothek

Die Deutsche Nationalbibliothek verzeichnet diese Publikation
in der Deutschen Nationalbibliografie; detaillierte bibliografische
Daten sind im Internet über http://dnb.d-nb.de abrufbar.

1. Auflage | Oktober 2024

© 2024 Carla Thompkins, Freiburg

Fotos © alle Privateigentum von Hellmut Cramm
bis auf das Foto vom Titelbild,
das von Frank Bürger erstellt wurde.

Umschlag | Carla Thompkins, Freiburg

Layout & Satz | Ralf Wolf, Jülich

Verlag: BoD · Books on Demand GmbH, In de Tarpen 42,
22848 Norderstedt
Druck: Libri Plureos GmbH, Friedensallee 273, 22763 Hamburg

ISBN: 978-3-7693-0410-7

Inhalt

Warum dieses Buch entstand

Dieses Buch ist ein Ausdruck meiner Wertschätzung für die lebenslange Förderung meiner geistigen Entwicklung, die ich von meinem Onkel Hellmut erhielt. Die Leser werden am Beispiel meines Onkels erfahren, wie aus einem Buben, der noch die Wirren des Zweiten Weltkriegs erlebte, ein beispielhafter Erklärer von geistigen Wahrheiten wurde.

Hellmuts Leben wurde beeinflusst durch seine Begegnungen mit Albert Schweitzer, dem er als junger Mann nacheifern wollte. Albert Schweitzer war 56 Jahre älter als mein Onkel und hätte vom Alter her Hellmuts Großvater sein können. Der Theologe, Organist, Philosoph und Arzt wurde Hellmuts großes Vorbild.

Mein Onkel hatte deswegen einige Probleme zu lösen, weil nicht immer alle Menschen seine Motive akzeptierten. Sogar die engsten Verwandten zweifelten manchmal an seinen Einstellungen. Aber was auch geschah, für meinen Onkel war das Wichtigste, zusammen mit seiner lieben Frau Siglind seinen ethischen Leitlinien zu folgen.

Hellmut konnte nicht in ein Entwicklungsland gehen und dort als Arzt und Missionar wirken. Stattdessen wirkte er als gestandener Mann und Familienvater zusammen mit seiner Siglind in Basel und Basel Land. Das Ehepaar Cramm zeigte unzähligen Menschen durch ihr vorgelebtes Beispiel, wie ein sinnvolles und erfülltes Leben geführt werden kann.

Ich finde, dass mein Onkel in der heutigen, zerfallenden Welt eine große Ausnahmeerscheinung ist, weil er der festen Überzeugung ist, dass wir stets für Frieden und die Einheit der Menschheit eintreten müssen.

Mein Onkel und ich telefonieren jeden Sonntag miteinander, und in diesen Gesprächen wurde die Idee geboren, schriftlich festzuhalten, wie Albert Schweitzer sein Leben beeinflusste und welchen Lebensweg mein Onkel einschlug.

Aber zuerst schreibe ich über die Lebensumstände der damaligen Zeit. Darunter verstehe ich die sozialen Beziehungen und Interaktionen, die eine Person umgeben und maßgeblich deren Entwicklung, Verhalten und Wohlbefinden beeinflussen. Ich bin überzeugt, dass das soziale Umfeld den größten Einfluss auf den Werdegang eines Menschen hat und nicht seine Gene.

Deshalb fange ich damit an, das Milieu zu beschreiben, in dem Albert Schweitzer aufwuchs und in dem 50 Jahre später mein Onkel groß wurde.

Carla Thompkins, September 2024

Eine Zeitreise
in das 19. Jahrhundert

Zunächst möchte ich einen Blick zurück in das 19. Jahrhundert werfen. Dabei entdecke ich ein komplexes Geflecht aus mehreren gleichzeitig auftretenden Fakten und Ereignissen.

Ich hörte oft von der »guten alten Zeit«, aber dem war nie so. Der Sittenverfall des 19. Jahrhunderts machte auch vor dem Dreiländereck von Schweiz, Frankreich und Deutschland nicht Halt. Wenn wir in Archiven stöbern[1]), so lesen wir, dass es auch in dieser Gegend drunter und drüber ging. Ein zentraler Ort des Geschehens war Straßburg.

Mit der Industrialisierung und den wachsenden Fabriken wurden immer mehr billige Hilfsarbeiter gebraucht, die zu Tausenden aus den ehemaligen französischen Kolonien rekrutiert wurden. Viele junge Männer drängten nach Frankreich, ohne die Möglichkeit zu haben, ihre Angehörigen nachzuholen.

In vielen Familien auf beiden Seiten des Rheins mussten Frauen ebenso arbeiten, um ihre Angehörigen am Leben zu halten. Frauenarbeit war auch damals schlechter bezahlt als Männerarbeit. Arbeitende Frauen wurden aber nicht besonders respektiert. Die bürgerliche Gesellschaft distanzierte sich von den Arbeiterinnen. Es wurde sogar behauptet, sie würden ihre Familien vernachlässigen.

Ansteckungen mit Geschlechtskrankheiten waren in dieser Zeit üblich. Dennoch wurde der medizinische Diskurs in den religiös-moralischen eingewoben. Sünde, Alkoholismus und Prostitution wurden als Ursache, nicht als Folge der Industrialisierung angesehen. Syphilis und Tripper waren verbreitete Krankheiten, nicht nur in der Oberschicht.

Männer schienen im späten 19. Jahrhundert einen Prostitutionswahn zu haben. Dies schuf ein riesiges Gewerbe rund um den Menschenhandel. Um die enorme Kundennachfrage zu befriedigen, wurden Mädchen aus Afrika importiert. Auch junge, naive Mädchen vom Land landeten in Schlachthäusern – eine Bezeichnung für billige, fabrikähnliche Bordelle.

In dieser Zeit der sozialen Umwälzungen und des moralischen Niedergangs wurde Albert Schweitzer 1875 in Kaysersberg, also im Oberelsass, als deutscher Staatsbürger geboren. Und unter diesen Rahmenbedingungen eines desolaten sozialen Umfelds wuchs er auf. Das wird bei Berichten oft nicht berücksichtigt, wenn über das Aufwachsen des Nobelpreisträgers berichtet wird.

Wir können davon ausgehen, dass der wache Geist von Albert Schweitzer schon als junger Mensch sehr gut diese Faktoren einordnen konnte, er aber immer auf das Gute schaute und das Schlimme oft nicht in Worte fassen wollte.

Wie verhielt sich
Albert Schweitzer im Alltag

Fast jeder Mensch hat auch in der heutigen Zeit von Albert Schweitzer gehört. Aber ist uns auch bewusst, dass der einzige deutsche Friedensnobelpreisträger im 19. Jahrhundert geboren wurde und in einem sozialen Umfeld aufwuchs, in dem nur die Männer das Sagen hatten? Das war Normalität in Mitteleuropa vor hundertfünfzig Jahren und wurde damals selten in Frage gestellt.

Albert Schweitzer wurde 1875 als zweites Kind in einer protestantischen Pfarrersfamilie geboren. Einige Monate nach seiner Geburt zogen seine Eltern von Kaysersberg nach Günsbach, wo Alberts Vater bis zu seinem Tod als Pfarrer tätig war. Die Familie Schweitzer hatte auch einen Hund, der Phylax hieß.

Schweitzer selbst beschreibt seine Kindheit im Pfarrhaushalt. Es war im Elternhaus immer sauber, die Kleider der Kinder frisch gewaschen, und es herrschte eine »strenge Zucht«. Das heißt, in der Familie wurde auch auf äußerste Keuschheit und Abstinenz vom unmoralischen Zeitgeist geachtet.

Der kleine Albert fühlte sich behütet, aber auch einsam und schüchtern. Er wollte als »Pfarrerssöhnchen« sich nicht von den anderen Kindern unterscheiden und beschreibt sich als »nicht händelsüchtig, still und verträumt«.[2] Er hatte in der Schule Probleme beim Schreibenlernen und nahm alles furchtbar ernst, auch beim Spielen.

Seine musikalische Begabung zeigte sich schon sehr früh. Mit fünf Jahren erhielt er bereits Klavierunterricht, mit acht Jahren begann er, Orgel zu spielen.

Ich kann mir gut vorstellen, dass der kleine, einsame Albert anfing, seine Gedanken und Gefühle in seinem Klavierspiel auszudrücken, und er sich buchstäblich an der Orgel festklammerte[3]. Er hat also seine Emotionen ins Orgelspiel gelegt und beim Orgeln ausgelebt.

Dies ist sehr nachvollziehbar, denn die Orgel ist ein Instrument, dessen vielfältiger Klang den Zuhörer und den Orgelspieler im übertragenen Sinn nach oben ziehen und in eine andere Atmosphäre.

Wenn ich alte Originalaufnahmen von Albert Schweitzer heutzutage anhöre, so kommt mir sein Orgelspiel warm, gefühlvoll und auch leidenschaftlich vor. Sein Orgelspiel zaubert mir immer noch ein Strahlen ins Gesicht und ein Wohlgefühl in mein Herz.

Mit neun Jahren entwickelte der Bub eine grenzenlose Lesewut, wie er selbst sagte. Er las auch Zeitungen, brachte aber weiterhin schlechte Zeugnisse nach Hause. Er blieb verträumt und liebte es, in der Natur zu sein.

Dann hatte Albert einen Lehrer, Dr. Wehmann, der immer gut vorbereitet seinen Unterricht gestaltete. Der jugendliche Albert hätte sich geschämt, diesem engagierten Lehrer zu missfallen. So wurde er in der Quinta und Quarta ein besserer Schüler.[4]

Man kann also durchaus sagen, das Vorbild eines Lehrer hatte einen großen Einfluss auf die Transformation vom zurückgezogenen Kind zum strebsamen Jugendlichen.

Ab dem 14. Lebensjahr, schreibt Schweitzer, wurde er zum »Diskutierweltmeister« und beschreibt sich selbst als Störenfried jeder Unterhaltung. Er dachte aber auch schon in jungen Jahren an die Überwindung konfessioneller Unterschiede.

Es ist nicht bekannt, ob der junge Albert jemals zornig war und einen Radiergummi durch das Zimmer geworfen oder aus Wut gebrüllt hat. Wahrscheinlich war er als junger Mensch schon sanftmütig und hatte Mitleid mit gequälten Tieren und leidenden Menschen.

Nach seinem Abitur im Alter von 18 Jahren verbrachte Albert Schweitzer zehn Jahre mit Universitätsstudien in Straßburg, Paris und Berlin. Insgesamt hat er dreimal promoviert, in Philosophie, in Theologie und in Medizin! Es gibt wohl sehr wenige Menschen auf dieser Welt, die das auch erreicht haben.

Angesichts der ihn umgebenden sozialen Probleme formulierte er schon als junger Mann, dass eine große Schuld auf unserer Kultur lastet. Er war im Grunde schon ein Vordenker des Gedankens der »Schuld des Nordens«, die Hafez Sabet[5] erstmals 1991 so formulierte.

Immer wieder lesen wir, dass Albert Schweitzer das Leid der Menschen erspürte und großes Mitgefühl entwickelte für das Leiden und Unglück anderer Menschen. Vielleicht würden ihn die Psychologen heute sogar als hypersensitiv bezeichnen.

Lassen Sie mich aber jetzt, liebe Leser, als Frau des 21. Jahrhunderts, in eine ganz andere Richtung sinnieren. Auf einem Foto von 1905 ist Albert Schweitzer zu sehen mit einem großen Schnurrbart. Einen Schnurrbart zu haben, war damals modern. Aber Schweitzers großer Schnurrbart verdeckt seinen Mund.

Meine Uroma, die zur selben Zeit lebte, pflegte immer zu sagen, dass ein Mann mit Barthaaren im Gesicht etwas verbergen will.

So frage ich mich jetzt recht dreist, ob Schweitzer etwas verbergen wollte. War sein Riesenschnurrbart ein Nein zur Sinnlichkeit? Sollte ihn der Schnurrbart vor aufdringlichen Frauen schützen?

Dieses Nein würde in seine Zeit und zu seinem behüteten Aufwachsen passen. Er war recht groß (1,85 m), aber nicht unbedingt ein junger Mann, nach dem die Frauen sich umdrehten, wenn der durch die Straßen ging. Und er interessierte sich offensichtlich auch viel mehr für das Lernen und Lehren als für das Poussieren (wie man damals sagte) von jungen Mädchen.

Aber seine Augen sprechen Bände! Ich habe nie in meinem Leben einen Menschen getroffen, der einen so liebevollen, sanftmütigen, gütigen, aufmerksamen, lebendigen und tiefgründigen Blick hatte wie Albert Schweitzer. Wenn er mit mir gesprochen hätte, dann hätte ich beim Reden immer nur in diese Augen schauen wollen. Ich kann mir vorstellen, dass es anderen Menschen genauso ging.

Aber als junger Mann hatte das Eheleben keine Priorität für ihn, wohl aber das Lindern der Leiden anderer Menschen. Also fast schon ein selbst auferlegtes Zölibat. Wie der junge und vitale Albert Schweitzer bis zu seiner Heirat mit seinem Triebleben umging, das können wir nur vermuten. Wir wissen aber nichts Konkretes. Es wäre in der damaligen Zeit auch unschicklich gewesen, wenn er darüber geschrieben hätte. Wir wissen nur von Zeitzeugen und aus Recherchen, dass damals das Sexualleben eine geregelte Rolle spielen musste, und zwar im Rahmen der Ehe.[6]

Als Albert Schweitzer 23 Jahre alt war, lernte er Hélène Bresslau auf der Hochzeitsfeier einer gemeinsamen Freundin kennen. Ihre Freundschaft wurde mit der Zeit so eng, dass Schweitzer seiner Hélène den Plan anvertraute, alles aufzugeben, was er liebte, um das Leid derer zu lindern, die niemanden hatten, der ihnen half. Da war Albert Schweitzer schon 30 Jahre alt. Daraufhin setzte sich Hélène für ihn ein und verteidigte ihn gegen alle Kritiker, was für Schweitzer ein wertvoller Trost war.

In den Briefen, welche die beiden vor der Ehe wechselten, können wir nachlesen, dass sich in den fünfzehn Jahren Freundschaft eine tiefe Liebe entwickelte. So schrieb Hélène an Albert: »Würdest du ganze Bände schreiben, könntest Du nichts Schöneres sagen als das, was du einmal in zwei Sätzen ausgedrückt hast: ›Deine Freundschaft ist mein Leben‹ und ›Ich fühle, dass all mein Glück von dir kommt‹.«[7]

Im Alter von 30 Jahren entschloss sich Schweitzer, Medizin zu studieren, denn er wollte Missionsarzt werden. Im Alter von 36 Jahren (November 1911) beendete er erfolgreich auch dieses Studium und heiratete ein Jahr später Hélène in Günsbach. Seine Braut war jetzt 33 Jahre alt.

Das ist zumindest sehr ungewöhnlich und sogar schwer nachvollziehbar aus heutiger Sicht, solange mit der Eheschließung zu warten. Aber andererseits konnte ein Mann damals erst einen Heiratsantrag stellen, wenn er einen Beruf und Einkommen hatte.

Hélène spürte auch in sich die Berufung, im fernen Afrika zu helfen, denn sie wollte ihren Albert unterstützen als Anästhesistin, Operationsassistentin und Krankenschwester.

Schweitzer teilte dies einer Bekannten mit folgenden Worten mit: »Ich gehe nicht allein in den Kongo, meine treue Freundin und Mitarbeiterin Hélène Bresslau wird mich als Ehefrau und medizinische Helferin begleiten.«[8]

Hélène und Albert Schweitzer verließen Günsbach und kamen am 16. April 1913 in dem kleinen Urwaldort Andende im zentralafrikanischen Gabun an. Trotz seiner Ausbildung in Tropenmedizin in Paris hatte sich Albert Schweitzer die Situation vor Ort »nicht so schlimm vorgestellt«. Erstaunt war er vor allem über die Häufigkeit von Lungenentzündungen und Herzkrankheiten. Er kannte diese Erkrankungen natürlich von Europa her, aber nicht ihre viel größere Bösartigkeit in den Tropen. *(Quelle: Deutsches Ärzteblatt 87, Heft 24, 14. Juni 1990)*

Albert Schweitzer nutzte zunächst die Missionsstation von Andende als provisorische Unterkunft und Krankenhaus, bis das eigentliche Hospital fertiggestellt wurde. Für das Tropenhospital hatte sich Schweitzer das Geld von der Missionsstation geliehen. Dieses konnte er dann später durch Vorträge in Schweden zurückzahlen in der Zeit zwischen 1918 und 1924 sowie durch seine Publikationen und Orgelkonzerte in Europa.

Also, Albert Schweitzer war ein Mensch, der ein großes Mitleidsgefühl entwickeln konnte, wenn er mit Not, Krankheit und sozialen Missständen konfrontiert war. Das war ein Miteinander-leiden-Können im wahrsten Sinne des Wortes, verbunden mit systematischem Handeln in seinem Alltag und später auf der großen Bühne des Leben.

Also gut zu verstehen, dass viele Menschen, nicht nur mein Onkel, gerade nach dem 2. Weltkrieg sich an Albert Schweitzer orientierten.

Hellmuts Jugendjahre

Mein Onkel Hellmut wurde am 5. April 1931 in der Spargelstadt Schwetzingen bei Heidelberg geboren. Ihm wurde der Name Hellmut in der Hoffnung gegeben, dass er im seinem Leben mit »hellem Mut« voranschreite.

Hellmuts Erdenleben begann zu Beginn des sogenannten Dritten Reiches unter Adolf Hitler. Hellmut hatte noch zwei ältere Schwestern, Inge und Carla.

Es fällt mir immer noch schwer zu verstehen, wie dieses faschistische, rassistische und menschenverachtende System entstehen konnte. Ich kann mir vorstellen, dass die Bevölkerung in ständiger Angst lebte, etwas Falsches getan oder gesagt zu haben, denn die Überwachung schien auch perfekt zu funktionieren. Fast alle Jugendlichen im Dritten Reich wurden von der staatlich organisierten Hitlerjugend erfolgreich indoktriniert. Die Jugend sollte sich für Hitler opfern – am besten freiwillig. In einer Ansprache an die Jugend betonte Adolf Hitler am 10. September 1938 die Bedeutung der nationalsozialistischen Indoktrination:

»Durch die Erziehung, und nur durch sie allein, können wir das Volk uns schaffen, das wir benötigen und das jene benötigen, die nach uns Geschichte gestalten wollen.«[9]

Die Schulen waren also für die nationalsozialistische Erziehung ein wichtiger Ort. Ein zentrales Element der Ideologie und somit auch der Lehrpläne in den Schulen war es, sich von unerwünschten Gesellschaftsgruppen abzugrenzen und sich über sie zu stellen.

Die »echten deutschen« Jugendlichen sollten lernen, dass sie als Arier von Natur aus besser waren als andere Volksgruppen. Die Menschen, die nicht ins Bild passten, wurden zu Feinden erklärt.

Wenn ich das Familienfoto betrachte, so fällt auf, dass alle drei Kinder sehr blond und sehr groß gewachsen waren. Zudem hatten alle Kinder und der Vater blaue Augen. Also sie entsprachen dem arischen Rasseideal. Nur die Mutter war dunkelhaarig, und ihr Gesicht entsprach so gar nicht dem einer Germanin. Sie war aber zum Glück vor Anfeindungen geschützt, weil alle ihre drei Kinder so reinrassig aussahen.

In dieser Zeit wuchs Hellmut in Schwetzingen in der Carl-Theodor-Straße auf. In einer großen Wohnung aus dem 17. Jahrhundert mit hohen Stuckdecken lebten auch Hellmuts Großeltern, die Eltern seiner Mutter Hermine. Sein Vater Albert kümmerte sich nach bestem Vermögen um die Familie, war aber ab 1939 seit dem Beginn des Krieges immer wieder abwesend.

Hellmuts Vater, der zugleich mein Großvater war, erzählte uns nie etwas über das Kriegsgeschehen. Es war wohl unmöglich für ihn, das Kampfgeschehen in Worte zu fassen. Wir wissen nur, dass er es zum Major brachte und er für die Lebensmittelversorgung seiner Soldaten zuständig war.

Also, Hellmut war acht Jahre alt, als der Krieg begann. Der Schulbetrieb wurde, so gut es ging, weiter aufrecht erhalten. Hellmut konnte das Hebel-Gymnasium in Schwetzingen besuchen und immer, wenn die Sirenen ertönten, mit den Klassenkameraden im Bunker der Schule oder in den Kellerräumen in der Carl-Theodor-Straße Schutz suchen. Zwei Kellerräume standen Hellmuts Großeltern, seiner Mutter und den drei Kindern zur Verfügung. In einem Kellerraum waren Äpfel und Kartoffeln gelagert. Im anderen Keller gab es Kohle und Matratzen zum Schlafen. Auch ein Wasserhahn war zugänglich.

Hellmut wurde von seinen Schwestern oft »Bubi« genannt, was ihm überhaupt nicht gefiel. Seine älteste Schwester Inge versuchte ihn oft zu bevormunden. Sie war sehr indoktriniert, was Hellmut stillschweigend hinnahm. Ihr rassistisches Denken war so sehr präsent, dass sie sich sogar Jahrzehnte später noch weigerte, in Hellmuts Gästezimmer zu übernachten – mit der Begründung, sie wolle nicht in einem Bett schlafen, in dem auch »Schwarze« geschlafen hatten. Das muss man sich mal vorstellen, wie das rassistische Denken in den Köpfen der Menschen festsaß, sich eingefressen hatte wie ein Virus!

Mit der mittleren Schwester Carla hatte Hellmut eine sehr herzliche Verbindung. Sie war fleißig, fröhlich und lachte viel. Carla konnte mit dreizehn Jahren Klavier und Akkordeon spielen. Sie sang mit anderen Kindern, begleitete einen Chor auf dem Akkordeon und brachte gute Laune in ihre Gruppe. Sie war lebhaft, sprang im Schwimmbad mit dem Vater von einem Zehn-Meter-

Turm ins Wasser. Gerne half sie in der Spargelzeit in einer Hotelküche und brachte die Frauen beim Spargelschälen zum Lachen. Natürlich war sie bereit, jüngere Kinder nach Straßburg an die Front zu begleiten und auf sie aufzupassen.

Als Hellmut dreizehn Jahre als war, erreichte die Familie die Schreckensnachricht, dass Carla von einer Fliegerbombe in Straßburg getroffen worden war und schwere Brandverletzungen habe. Der Vater war in der Lage, seine schwerverletzte Tochter in das heimatliche Krankenhaus nach Schwetzingen zu bringen. Sie hatte so schwere Verbrennungen, dass sie vierzehn Tage lang ununterbrochen schrie – bis zu ihrem Tod. Man hörte ihre Schmerzensschreie bis auf die Straße. Es gab kein Betäubungsmittel, das man ihr gegen die Schmerzen hätte geben können.

Das war für die ganze Familie ein traumatisches Erlebnis, besonders für Hellmuts Mutter. Sie weinte nach Carlas Beerdigung fast jeden Tag und hörte auf, Klavier zu spielen.

Auch ein Klassenkamerad, den Carla eigentlich heiraten wollte, musste sein Leben lassen. Die Gräber der beiden auf dem Schwetzinger Friedhof lagen dann nebeneinander.

Also auch für Hellmut sehr traurige Schuljahre. Der Krieg wurde ein Jahr nach Schwester Carlas Tod beendet. Nach dem zerstörerischsten Krieg aller Zeiten sollte in Deutschland alles anders, alles besser werden. Deutschland wurde in vier Besatzungszonen aufgeteilt (britische, amerikanische, französische und sowjetische Besatzungszone), in denen die alliierten Besatzungsmächte das politische Leben bestimmten.

Schwetzingen gehörte nun zum amerikanischen Sektor, und Hellmut ging weiter mit großem Ernst und Lernwillen in die Schule.

Begegnung
mit Albert Schweitzer

Mein Onkel erlebte jetzt als Abiturient den Beginn von umfangreichen Wiederaufbaumaßnahmen und politischen Neuordnungen. Es gab auch Menschen, die besonders als neue Vorbilder herausstachen.

Hellmut selbst hörte eine Art Weckruf im Radio. Das war ein Vortrag[10] zum Thema »Damit das Leben Zukunft hat«. Hellmut drängte seine Schwester Inge, in Stenographie auf einem Schreibblock mitzuschreiben. Ein gewisser Albert Schweitzer sagte:

»Unsere Kindheit ist das Vorspiel zu unserem Leben, in dem eine große Melodie sich als Thema ankündigt. Weil wir alles noch traumhaft erleben, haben wir den Dingen gegenüber eine Unmittelbarkeit, Freiheit und Reinheit, die wie eine Melodie in uns weiter zittert. Und wenn dann das Leben kommt und wir es nicht mehr traumhaft, sondern wirklich erleben und uns mit ihm auseinandersetzen müssen und die Motive fremd auf uns eindringen, dann soll diese Melodie nicht langsam verklingen, sondern wachsen und wachsen, wie in einer großen Symphonie die andern Motive unter sich zwingen und zuletzt sich in ihrem ganzen Reichtum entfalten und in ihrer gewaltigen Größe dastehen.

Viel Kälte ist unter den Menschen, weil wir nicht wagen, uns so herzlich zu geben, wie wir sein können. Das Gesetz der Zurückhaltung ist bestimmt, durch das Recht der Herzlichkeit durchbrochen zu werden.

So sehr mich das Problem des Elends in der Welt beschäftigte, so verlor ich mich doch nie in Grübeln da-

rüber, sondern hielt mich an den Gedanken, dass es jedem von uns verliehen sei, etwas von diesem Elend zum Aufhören zu bringen. Keiner darf die Augen schließen und das Leiden, dessen Anblick er sich erspart, als nicht geschehen ansehen.

Ihr seid draußen in der Natur gewesen; vielleicht in der gewaltigsten Gebirgswelt. Euer Blick wurde angezogen durch einen Baum. Er hatte nichts Absonderliches, aber er bestimmte die ganze Landschaft für euch. Das andere ist in der Vergessenheit gesunken. Der Baum aber steht noch immer in eurer Erinnerung. So ist's in der Welt. Nicht die großen Ereignisse machen die Geschichte, sondern das vereinzelte Tun zerstreuter Menschen, durch die Art, wie es auf die anderen wirkt und durch den Geist, der davon ausgeht, bestimmt das Geschehen. Darum glaube ich fest, dass nichts von dem verloren ist, was aus dem Wollen und der Begeisterung des Guten von dir getan ist, auch wenn du es nicht siehst und annehmen musst, es sei vergeblich gewesen.

Wer sich vornimmt, Gutes zu erwirken, darf nicht erwarten, dass die Menschen ihm deswegen Steine aus dem Wege räumen, sondern muss auf das Schicksalhafte gefasst sein, dass sie ihm welche darauf rollen.

Für uns alle besteht eine große Versuchung darin, dass das Gute, das wir tun, zur Schlinge wird, mit der wir einen anderen Menschen einfangen. »Weißt du denn nicht mehr, was ich für dich getan habe?«, werfen wir ihm vor, wenn er einmal nicht unserer Meinung ist oder *nicht tun will, was wir von ihm verlangen. So schleifen wir ihn am Lasso der Dankbarkeit hinter uns her, bis er nicht mehr kann.*

Und nun zum Glauben. Viele Menschen müssen durch diesen innerlichen Bankrott hindurch, sie müssen erfahren, dass das, was sie für ihren Glauben halten, gar kein wirklicher innerlicher Glaube ist, sondern dass sie sich ihren Glauben erst erringen und erbeten müssen; sie müssen innerlich arm werden, damit sie erst sehen, was für ein Reichtum der Glaube ist, der ihnen eine Gewohnheitssache war. Wer diese geistige Armut empfindet, der ist nicht verloren, wenn er auch schwer ringen muss, wenn er auch für den Augenblick durch das dunkle Tal der Verzweiflung hindurch muss. Das ist ein Trost für uns alle, dass die letzte Autorität des Glaubens nur der Geist Gottes ist, nicht der einer Kirchenbehörde.«

Das rüttelte Hellmut mit 17 Jahren auf, eröffnete einen neuen Horizont. Er wollte herausfinden, wer dieser Sprecher war, wollte diesen Albert Schweitzer kennenlernen, alles von ihm erfahren.

Nach dem Abitur erhielt Hellmut einen Studienplatz für Theologie in Basel. Da er aber auch Geld brauchte, um sein Studium und seine Unterkunft in Lörrach zu finanzieren, arbeitete er zunächst als Werkstudent bei Pfaudler in Schwetzingen.

Hellmut war entzückt von der Vorstellung, bald von Lörrach nach Günsbach zu radeln und die Bekanntschaft mit Albert Schweitzer zu machen. 1952 war es dann so weit.

Zusammen mit seinem Freund Guntram Zinkgräf radelte er nach Günsbach. Beide jungen Gäste durften im Garten von Albert Schweitzer zelten, beim Orgelspiel zuhören und bei Schweitzers speisen. Hellmut selbst durfte auch auf der Orgel vorspielen und seine vielen Fragen stellen. Das waren einige von Hellmuts Fragen:

»Lebt die Seele nach dem Tod weiter?«

Albert Schweitzers Antwort war: »Die Seele lebt nach dem Tod des Körpers weiter. Wenn der Tod eintritt, wird die Verbindung zwischen Seele und Körper gelöst. Denn die Seele ist mit dem Körper verbunden wie das Licht mit einem Spiegel verbunden ist. Wenn der Körper stirbt, zerbricht nur der Spiegel, das Licht aber wird nicht gelöscht und die bleibt Seele intakt.

Die Seele schreitet nach ihrer Trennung vom Körper weiter fort, bis sie die Gegenwart Gottes erreicht in einem Zustand und einer Beschaffenheit, die wir in dieser Welt nicht verstehen können.

Die Lehren der Religionsstifter haben den Zweck, alle Menschen zu erziehen, damit sie zur Todesstunde in größter Reinheit und in völliger Loslösung zum Throne des Höchsten aufsteigen.«

Dann wollte Hellmut wissen: »Welchen Einfluss hat die Musik auf die Seele?«

»Die Musik ist eine Leiter, über welche die Seele des Menschen zum Reich der Höhe aufsteigen kann. Die Musik ist die Nahrung für die Seele, und sie zählt wegen ihrer großen geistigen Wirkung zu den wichtigsten Künsten.

Jedem Kind sollte wenigstens ein Grundwissen über die Musik vermittelt werden. Wenn Musik der Liebe zum Göttlichen entspringt und göttliche Tugenden preist, blüht die Seele des Menschen auf und führt ihn ins Reich der Höhe.

Wenn aber die Musik zum Ausdruck der Selbstsucht und Leidenschaft wird, dann zieht sie die Seele hinab in einen Abgrund.«

»Was soll ich studieren?«, wollte Hellmut dann wissen.

»Bleib erst mal bei der Theologie, aber lass deinen Blick offen sein und weit schweifen über den Horizont hinaus.«

Hellmut schwieg jetzt, fragte dann aber weiter: »Warum möchten manche Menschen kämpfen?«

»Das Gehirn spielt bei der Entstehung von Aggression eine maßgebliche Rolle. Mit Stresshormonen sorgt das Gehirn dafür, dass unser Körper sich auf Flucht oder Kampf einstellt, sobald wir eine Gefahr erkannt haben.

Ferner können Eigenschaften wie hohes Durchsetzungsvermögen, Konkurrenzdenken oder Kontrollbedürfnis zu Auseinandersetzungen beitragen. Auch

Unterschiede im Kommunikationsstil können zu Missverständnissen und Konflikten führen, die weiter zu Auseinandersetzungen eskalieren.

Also bedenke immer gut, welche Worte du wählst, und denke über eine ehrenhafte und anständige Lösung nach, wenn dich dein Gehirn stresst. Entscheide dich immer gegen Aggression in Worten und Taten.«

»Was kann ich, der Hellmut, für den Frieden tun?«

»Wir müssen den Krieg aus ethischen Gründen verwerfen, weil er uns der Unmenschlichkeit schuldig werden lässt. Das Ziel, auf das von jetzt bis in alle Zukunft der Blick gerichtet sein muss, ist, dass völkerentzweiende Fragen nicht mehr durch Kriege entschieden werden können. Die Entscheidung muss friedlich gefunden werden.

Wesentliche Schritte in Richtung des Friedens sind die Gleichwertigkeit der Frau und eine gute Bildung, besonders der Mädchen. Da Frieden auf der Grundlage ethischer Werte errichtet werden muss, lässt sich dieser Frieden nur durch die Einheit der Menschheit erreichen.

Wir sind jetzt zum ersten Mal in der Geschichte der Menschheit in der Lage, die Vielzahl der verschiedenen Völker auf diesem Erdball zu erkennen. Und in allen unsere Brüder und Schwestern zu sehen. Weltfriede unter allen unseren Brüdern und Schwestern ist nicht nur möglich, sondern notwendig. Weltfriede ist die nächste Stufe in der Evolution.

Der Verwirklichung des Friedens steht das sture Beharren vieler Menschen auf veralteten Verhaltensmustern entgegen. Zu diesem kritischen Zeitpunkt, da die Probleme der Völker zur gemeinsamen Sorge aller werden müssen, wäre das Versäumnis, Konflikte nicht lösen zu wollen, gewissenlos und unverantwortlich.

Einerseits wird die Bereitschaft und die Sehnsucht nach Frieden und Eintracht verkündet, andererseits wird immer wieder behauptet, der Mensch sei unverbesserlich selbstsüchtig, aggressiv und deshalb nicht in der Lage, eine Gesellschaftsordnung zu errichten, die fortschrittlich, friedlich, dynamisch und harmonisch ist.

Ganz besonders die Glorifizierung von materiellen Dingen, zugleich Ursprung und gemeinsames Merkmal aller dieser Ideologien, geht einher mit der Behauptung, der Mensch sei unverbesserlich aggressiv.

Der Rassismus ist ein weiteres verhängnisvolles Übel, ein Haupthindernis für den Frieden. Wo er herrscht, wird die Menschenwürde verletzt. Der Rassismus hemmt die Entfaltung der unbegrenzten Möglichkeiten seiner Opfer, korrumpiert die Täter und vereitelt den menschlichen Fortschritt.

Ferner ist der krasse Unterschied zwischen arm und reich eine Quelle heftigsten Leides, hält die Welt in einem Zustand der Instabilität am Rande des Krieges.

Die Lösung erfordert die kombinierte Anwendung geistiger, moralischer und praktischer Mittel. Das Problem muss in neuem Licht betrachtet werden; es bedarf der Beratung von Experten aus einem breiten Spektrum von Fachbereichen, frei von wirtschaftlicher und ideologischer Polemik, unter Einbezug der Betroffenen.

Diese Weltordnung lässt sich nur auf das unerschütterliche Bewusstsein von der Einheit der Menschheit gründen, eine geistige Wahrheit, die alle Humanwissenschaften bestätigen.

Du aber, Hellmut, versteh das und mache jeden Tag Schritte in die richtige Richtung, verbreite diese Botschaft und setz dich für den Frieden ein.«

»Gibt es Gott?«

»Gott ist der menschlichen Erkenntnis nicht zugänglich. Der Mensch ist sein Geschöpf, und das Geschöpf oder das Erschaffene ist nicht in Lage, seinen Schöpfer zu erkennen. Oder wie die Philosophen sagen, das Umfasste kann nicht das Umfassende erkennen und verstehen.

Aber Hellmut, es gibt nur einen Gott, und alle Religionen haben ihren Ursprung in Gott und sind Widerspiegelungen derselben Wahrheit.«

Hellmut war zufrieden mit den Antworten. Sein Durst war gestillt.

Er schlief zufrieden in seinem Zelt und hörte noch einmal dem Orgelspiel von Albert Schweitzer zu. Die Art, wie er die Musik von Bach zum Leben brachte, war einfach unvergleichlich.

Die jungen Herrn genossen am nächsten Tag Hélènes Schocki-Getränk, das die Dame des Hauses aus Schokoladenpulver mit Honig und einem Schuss Sahne zauberte. Ein wahrer Genuss und Kraftmacher für die Rückfahrt nach Lörrach.

Verstehen und umsetzen

Die Erinnerung an die Gespräche in diesem Haus von Hélène und Albert gruben sich fest in Hellmuts Herzen ein. Albert Schweitzer hatte sogar dem Hellmut das Foto von seinem Haus signiert. Sie tauschten Kontaktdaten aus für die weitere Korrespondenz. Hellmut wollte auch so ein Leben führen wie Albert Schweitzer.

Mein Onkel verbrachte jetzt viel Zeit mit seinem Studium, war aber auch immer wieder bei den Eltern in Schwetzingen. Meine früheste Erinnerung an Hellmut ist, dass er mich auf seine Schultern setzte. Ich war etwa zwei Jahre alt. So lief er dann mit mir durch den Schlossgarten. Ich konnte die Welt jetzt von oben betrachten, was ich später immer wieder tun konnte durch den immerwährenden Gedankenaustausch mit ihm.

Zuhause in der Carl-Theodor-Straße wurde wieder geweint. Diesmal aber, weil Guntram Zinkgräf, der Freund von Hellmut, bei einem Motorradunfall ums Leben gekommen war. Ich fragte meine Omi, warum sie so viel weine; ich konnte ihre Antwort nicht verstehen. Sie sagte, es gäbe keine Antworten, nur weinen.

Hellmut hatte jetzt auch einen Motorroller und nahm mich auf dem Rücksitz mit. Wir fuhren durch Schwetzingen, und ich musste den Arm ausstrecken, wenn Hellmut rechts oder links sagte.

Hellmut verfolgte mit Freuden, dass Albert Schweitzer die Massen in Bewegung brachte, zuerst in Norwegen, als ihm im Jahr 1953 der Friedensnobelpreis verliehen wurde für seinen Einsatz für verfolgte und bedrohte Menschen, Frieden, Wahrheit und Freiheit.

Erst im Jahr 1954 reiste Albert Schweitzer nach Norwegen, um am 4. November in Oslo den Friedensnobelpreis entgegenzunehmen. In seiner Rede appellierte er erneut an das Verantwortungsbewusstsein der Menschen für den Weltfrieden. Es war, als ob Albert Schweitzer aufschrie und die Welt jetzt hinhörte.

Er, der Pazifist, der sich eigentlich nie zu politischem Geschehen öffentlich äußern wollte, stellte die Friedensfrage ins Zentrum seiner Gedanken. Sein Kampf für den Weltfrieden wurde von nun an auf das Fundament der absoluten Ethik der Ehrfurcht vor dem Leben gestellt.

Für Albert Schweitzer war die Durchführung von Atomversuchen unverantwortlich. Er sah darin ein Verbrechen an die Menschheit, der Natur und der gesamten Umwelt.

Ein von über 30.000 vorwiegend jungen Norwegern spontan organisierter Fackelzug wurde für Hélène und Albert Schweitzer zu einem ganz besonderen Moment im Leben.

Hellmut begann nun auch, das in den Semesterferien verdiente Geld bei Pfaudler auf einem Konto zu sammeln. Ich habe viele Jahre gehört, als ich auch bei Pfaudler arbeitete, dass Hellmut in dieser großen Firma durch seine Bescheidenheit, Demut und Dienstbereitschaft auffiel. Er lamentierte nie.

Wenn Hellmut ein paar freie Minuten hatte, spielte er gerne Tennis auf dem Tennisplatz um die Ecke. Sogar mit seinem Großcousin Gottfried von Cramm, dem »Tennisbaron«, spielte er dort.

Bald gab es außer Onkel Gottfried weitere Geldgeber wie Elwood Geisinger, der ein Kegelbruder von Hellmuts Vater war. Daraufhin machte der ganze Kegelclub mit, der sich »Freitagskegelgesellschaft« nannte.

So wurde fleißig Geld gesammelt für Albert Schweitzer. Hellmut erklärte gerne in kleinen Runden, wofür das Geld verwendet wurde. Hellmuts Vater arbeitete damals noch bei der Landeszentralbank in Heidelberg, und es war ein Leichtes für ihn, das gesammelte Geld an Albert Schweitzer zu überweisen.

Dann bekam Hellmut 1953 ein Stipendium an der Universität in Yale. Albert Schweitzer war stolz auf ihn.

Seine Mutter packte einen Rohrplattenkoffer voller Kleidung, Bücher und Schuhe für Hellmut. Dann ging es mit dem Schiff in die USA, sieben Tage lang über den Ozean dauerte das.

Hellmut studierte wieder fleißig. Sein einziger Fehltritt war am ersten Studientag, dass er sich in das Zimmer von Professor Firuz Kazemzadeh verirrte, der ihm sinngemäß das Gleiche über die Einheit der Menschheit sagte wie Albert Schweitzer. Hellmut fühlte sich am richtigen Ort und schrieb einmal im Monat einen Luftpostbrief an seine Eltern.

Hellmut hörte schon 1953 von der Bürgerrechtsbewegung. Die Forderungen dieser Bewegung waren die soziale, ökonomische, politische und rechtliche Gleichstellung der Afroamerikaner gemäß dem Gleichheitsgrundsatz der amerikanischen Verfassung.

Die gesellschaftliche Realität in den USA war damals noch weithin von Segregation und Rassismus geprägt. Hellmut durfte sich sogar einmal in einem amerikanischen Gefängnis aufhalten, weil er einem gewissen Martin Luther King zuhörte.

Onkel Hellmut dachte aber auch in Amerika an mich und schickte mir kleine Pakete. Darin war ein Revell-Schiff und ein roter Cadillac.

Dann hatte Hellmut in den Semesterferien einen Unfall in Wyoming. Er wollte als Erntehelfer sich Geld verdienen, aber der Heubinder umwickelte Hellmuts Körper mit einem Drahtseil.

Die Eltern in Schwetzingen wurden umgehend von Hellmuts Unfall informiert, und Elwood Geisinger organisierte einen Flug für Hellmuts Vater in die Rocky Mountains.

Der Vater blieb vier Wochen bei Hellmut im Krankenhaus, dann wurden beide in einem kleinen, viersitzigen Flugzeug nach Yale in die Universitätsklinik geflogen. Hellmut musste dort viele Operationen über sich ergehen lassen, bis er 1956 nach Frankfurt zurückfliegen konnte.

Die Firma Pfaudler stellte ein Fahrzeug mit Chauffeur zur Verfügung, damit die ganze Familie Hellmut am Flugplatz in Frankfurt in Empfang nehmen konnte.

Hellmut bezog wieder sein altes Zimmer in Schwetzingen, und ich genoss jetzt die Zeit mit Hellmut sehr. Gerne kuschelte ich mit ihm in seinem Bett und baute mit ihm auf zwei Brettern eine Eisenbahnstrecke auf. Wir bauten zusammen Berge, Tunnels und kleine Häuser. So hat sich mein handwerkliches Talent entwickelt.

Nachts erklärte mir Hellmut die Sternbilder, und ich bekam von ihm einen Himmelsatlas. Natürlich brachte er mir auch bei, wie man Landkarten liest.

Wir haben auch viel Musik zusammen gehört, was nachhaltig meinen Musikgeschmack geprägt hat, und das Wichtigste, wir haben viel zusammen geredet, immer geredet.

Wenn Menschen um uns herum nicht mit Hellmut einverstanden waren, war ich immer auf seiner Seite, auch wenn ich zu klein und nicht beredt genug war, ihn zu verteidigen. Ich kann mich an kein einziges Mal erinnern, wo ich mich von ihm kritisiert fühlte, ich fühlte mich immer angenommen und akzeptiert.

Wir hatten jetzt fast jeden Tag Besuch, alles Menschen, an die ich mich gerne erinnere. Ein junger Pfarrer aus Thailand besuchte oft den Hellmut und fragte um Rat. Dann Professor Jim Holloway aus den USA. Er blieb ein halbes Jahr bei uns und trank jeden Tag Maxwell-Kaffee.

Danach kam Dietlind Nixdorf zu Besuch und eine Ås Marie aus Norwegen. Die las mir Märchen vor, und ich sollte Tante Ås Marie zu ihr sagen.

Alle Besucher wurden in das Herrenzimmer geladen, nicht in das Wohnzimmer. Es herrschte in diesem Zimmer eine Art Salonatmosphäre. Der Raum wurde dominiert von einem riesigen Sofa und zwei klobigen Sesseln mit breitgeschwungenen Lehnen. Diese Sitzmöbel waren mit einem tiefroten Gobelin bezogen. Die Farbgebung verbreitete eine noble Stimmung. Es gab natürlich einen Bücherschrank und genug Platz für ein Klavier. Hier durfte auch geraucht werden, und das Anschneiden einer Zigarre wurde regelrecht kunstvoll zelebriert von Hellmuts Vater.

Ich mochte diesen Raum nicht besonders. Manchmal durfte ich den Gesprächen nicht zuhören und musste in Hellmuts Zimmer bleiben. Wenn ich dann an der Flügeltür lauschte, habe ich nicht immer alles verstanden, was dort geredet wurde.

Letzte Begegnung

In diesem schwülstigen Herrenzimmer wurde auch Albert Schweitzer empfangen. Hellmut hatte ihn mit seinem Opel Rekord abgeholt vom Bahnhof in Mannheim.

Albert Schweitzer nahm auf dem rechten Sessel Platz, mein Großvater auf dem linken, und Hellmut setzte sich auf die Couch.

Obwohl das Zimmer Herrenzimmer hieß, durften auch Frauen in diesem Zimmer sich aufhalten. Aber meine Omi war in der Küche, verteilte selbst gebackenen Apfelkuchen auf Teller und bemühte sich, ein Getränk für den »grand docteur« zuzubereiten.

Auch ich war in der Küche und schaute zu, wie Kakao mit Milch erwärmt wurde. Mein Großvater kam herein und sagte zu Omi: »Herminchen, lass mich das machen, und holte eine Gabel und einen Schaumlöffel aus dem Küchenbüffet.

Ich vernahm jetzt einen eigenartigen deutschen Dialekt. Ich schaute durch den leicht geöffneten Türspalt ins Herrenzimmer. Dort saß ein eleganter, älterer Herr mit einem riesigen geschwungenen weißen Schnurrbart. Der Herr erblickte mich, stand auf, öffnete die Tür vollständig und sagte zu mir: »Kumm, Mädli, setz diech dohin.«

Als ich auf dem Sofa saß, reichte der Herr mir seine Hand zur Begrüßung. »Ech bie de Albert Schweitzer, kannscht Onkel Berti zu mir sage.«

Dann wendete der Gast sich wieder dem Opi und dem Hellmut zu. Opi reichte die Trinkschokolade und öffnete die Zigarrenschatulle, Onkel Berti roch an der Zigarre und fragte Hellmut: »Und de Karli«, gemeint war Karl Barth, »raucht de ima noch so stinkäde Zigarettli?« Hellmut nickte.

Ich erinnere mich an folgende Worte, die Onkel Berti an Hellmut richtete, schreibe sie aber zum besseren Verständnis sinngemäß auf Hochdeutsch auf:

»Es sind nun schon einige Jahre her, dass du und dein Freund bei mir im Garten in Günsbach gezeltet habt. Du hattest damals so viele Fragen, und ihr habt auf meinem Handklavier gespielt. Das war 1952. Dann gingst du nach Amerika, nach Yale, warst sogar wegen Martin Luther King im Gefängnis, weil du so ernsthaft mitmachtest. Ich habe gehört, sie nannten dich den deutschen Kennedy, was dir hoffentlich nicht zu Kopf gestiegen ist. Dein Theologiestudium hast du dort abgeschlossen und auch brav Medizin daraufgesetzt. Jetzt bist du wieder in der Kurpfalz und hast netterweise den »Albert-Schweitzer-Klub« ins Leben gerufen, um meine Projekte weiter zu unterstützen. Du möchtest deinen Beitrag leisten, Hellmut, damit die Welt eine bessere wird. Ich kann nur sagen, Hellmut, es gibt genug Gründe zu staunen, was Gott alles bewirkt hat.«

Dann machte er eine Pause und fragte weiter: »Hellmut, wenn du redest, kannst du Säle füllen. Warum hast du jetzt keine Arbeitsstelle gefunden?« Hellmuts blaue Augen blitz-

ten, als er antwortete: »Meine amerikanischen Abschluss-
zeugnisse und die Promotion werden hier nicht anerkannt.«

»Dann geh doch in die Schweiz!«, schlug ihm Onkel
Berti vor. »Dort braucht man Leute wie dich.« Und ernst
fuhr er fort: »Was auch immer du machen wirst, Hellmut,
denke immer daran, die meisten Menschen ziehen den
Wein zurück, wenn Gott ihnen einschenken will! Und
auch du, Mädli, denk daran!« Ich wiederholte den Satz:
»Die meisten Menschen ziehen den Wein zurück, wenn
Gott ihnen einschenken will!«

Danach verabschiedete sich Onkel Berti von uns allen mit einem Kuss auf die Backe. Er meinte, er wäre
jetzt alt und wohl das letzte Mal in Deutschland, aber der
Hellmut und das Mädli werden seine Arbeit fortsetzen.

Albert Schweitzer musste allerdings grinsen, als er
auf dem Weg zur Haustüre las, was Hellmut in großer
Schrift an seine Zimmertüre geschrieben hatte: »Don't
disturb! Genius at Work«

Die Bedeutung dieses Besuchs von Albert Schweitzer im August 1959 wurde mir erst viel später bewusst.
Ich hatte als Kind keine keine Ahnung, wovon er sprach.

Hellmut machte dann, was Albert Schweitzer ihm
riet. Er hatte auch genug von dem Drama und den Kont-
rollen im Elternhaus. Eingehende Briefe wurden alle am
Küchentisch geöffnet und gelesen. Vor allem Briefe aus
Norwegen wurden gerne vorgelesen, weil sie so roman-
tisch klangen.

Hellmuts Eltern versuchten auch, ihn mit einer Metzgerstochter aus dem Nachbarort Brühl zu verkuppeln. Die Begründung war, dass immer genug zu essen im Haus ist. Hellmut war so gutmütig und lud das Mädchen ein zu einem Ausflug nach Heidelberg. Ich war als Anstandsperson mit dabei. Hellmut machte einige Fotos und brachte das Mädel wieder nach Hause. Wahrscheinlich war es auch ihr peinlich, mit einem unbekannten jungen Mann zusammengebracht zu werden.

Hellmut ging dann in die Schweiz, wie Albert Schweitzer ihm geraten hatte, und fand eine Beschäftigung im Kanton Graubünden. Die Leute erzählten, dass Hellmut die Kirche in Chur füllen konnte und besonders die Jugend gerne zu ihm kam. Omi, Opi und ich fuhren dann in meinen Sommerferien auch nach Arosa. Wir mussten in Hellmuts Auto sitzend 365 Kurven überwinden von Chur nach Arosa.

Natürlich gingen die Großeltern mit mir zu Hellmut in den Gottesdienst. Ich kann mich leider an kein einziges Wort erinnern, was gepredigt wurde, nur an eine Besucherin aus den USA. Sie trug auf dem Kopf eine grell-grüne Pillbox, verziert mit drei Stoffrosen und einem grünen Schleier. Das war Francis Colby. Sie stahl Hellmut die Schau, da sich alle Blicke auf sie richteten.

Dann tauchte Siglind auf in Arosa in der kleinen Bergkirche. Sie war damals mit Hellmut befreundet und sollte wohl die Eltern von Hellmut kennenlernen.

Siglind und Hellmut musizierten alleine in der Bergkirche; sie spielte Geige, er Orgel. Ich war wieder als

Anstandsperson dabei als Neunjährige! Die Großeltern umrundeten draußen die kleine Kirche. Mich hat die Musik der beiden sehr beeindruckt. Es war ein vollendeter, harmonischer Wohlklang. Es war, als ob ich durch das harmonische Zusammenspiel in eine andere Sphäre gezogen wurde, schon als Kind empfand ich so. Als die beiden wieder nach draußen gingen, wurden sie auch von meinen Großeltern mit Lob überschüttet.

Im Winter fuhr meine Mutter nach Arosa, um nach dem Rechten zu sehen. Hellmut zeigte sich als eleganter Abfahrtkünstler im Schnee, meine Mutter konnte nicht mithalten, sie brach sich leider ein Bein. Irgendwie ein schlechtes Omen für meine Mutter, denn sie hatte auch Pläne, mit wem sie Hellmut verkuppeln wollte. Daraus wurde nun nichts. Stattdessen wurde sie in Chur im Krankenhaus verarztet, bekam einen Gipsverband und konnte dann einen Monat später nach Hause gehen, ohne Hellmuts Lebensplanung geändert zu haben.

Dann sah ich Siglind wieder an Sylvester bei den Großeltern in Schwetzingen. Mit Begeisterung bereitete sie das Abendessen für uns alle, und ich durfte ihr dabei helfen. Ich weiß noch ganz genau, dass wir zusammen Walnüsse knackten, weil die schöne junge Frau in die Salatsauce auch Walnüsse geben wollte. Hellmut und Siglind schliefen in verschiedenen Räumen, aber Siglind brachte mir den »Dreieckenkuss« bei. Das ging so: Hellmut, Siglind und ich küssten uns gleichzeitig auf die Backen.

Siglind und Hellmut
sind einzigartig

Im April 1960 wurde geheiratet auf der Chrischona bei Basel in schlichter Einfachheit. Bei der Feier waren alle Familienmitglieder, groß und klein, dabei. Unser Großvater hielt eine Rede und zitierte Schiller: »Drum prüfe, wer sich ewig bindet«. Das hatten Siglind und Hellmut wohl getan, bevor sie sich das Ja-Wort gaben. Ich verstand aber als Zehnjährige ehrlich gesagt nicht die Ansprache des Pastors, der den Bibelvers »Ich schäme mich meines Christentums nicht« interpretierte. Ich durfte aber Blumen streuen und vor dem Brautpaar in die Kirche gehen.

Auf der Chrischona wurde dann Essen serviert. Die einzelnen Gänge wurden unterbrochen durch Sketche und durch ein Streichquartett, natürlich mit Siglind. Meine Mutter hatte sich etwas Ausgefallenes überlegt: Sie bot Wein auf der Toilette an, da im Gastraum kein Alkohol serviert wurde. Sie hatte aber nicht viele Abnehmer. Frankenwein in Boxbeuteln war im Dreiländereck nicht beliebt, zu sauer.

Ich verstand zwar den Trauspruch nicht, aber sehr wohl, dass Hellmut genug hatte von den Versuchen seiner Familie, sein Leben zu beeinflussen, und lieber weit weg von Eltern und Schwester leben wollte. Hellmut erhielt kurz nach der Eheschließung einen Ruf an die Brown University in Providence/Rhode Island. Das junge Paar nahm dieses Angebot an, was Siglind auch ermöglichte, ein Stück weit aus dem Einflussfeld ihrer eigenen Familie hervorzutreten und sich mit einer mutigen Entscheidung zu behaupten.

Beide entschwanden in die USA. Danach wurden Briefe gewechselt, E-Mails und elektronische Kommunikation gab es noch nicht, auch keine Handys, und nur wenige Menschen hatten ein Telefon.

So erfuhren wir auf dem Postweg, dass in den USA zwei Söhne geboren wurden, erst Martin, dann Georg.

Zwei Jahre später durfte ich dabei sein, als Siglind und Hellmut im Flieger in Frankfurt landeten, zusammen mit den Buben. Siglind war so aufgeregt, dass sie ihre Geige im Flieger liegenließ. Zum Glück merkte sie es beim Auschecken, und aufmerksames Flugzeugpersonal brachte ihr das wertvolle Stück.

Martin konnte schon laufen, redete aber nicht gerne mit den Erwachsenen, und Georg war ein Baby, das noch gestillt wurde. Die junge Familie hielt sich nur kurz in Schwetzingen auf bei meinen Großeltern, dann ging es weiter nach Basel.

Bald danach bekamen meine Großeltern ein Telefon, das auf dem Schreibtisch im schwülstigen Herrenzimmer stand. Ich konnte jetzt Hellmut anrufen und im Oktober 1962 meine Angst ausdrücken, als meine Mami und Omi mit Hamsterkäufen begannen. Ich war jetzt elf Jahre alt.

Alle Erwachsenen um mich herum hatten Angst vor dem Ausbruch eines neuen Weltkrieges. Auch die Schulkameraden sprachen ständig davon. Ich war sehr deprimiert. Ich erzählte Hellmut am Telefon, was ich in der Schule gehörte hatte, dass wegen der Kubakrise der »Kalte Krieg« schlimmer werde. Hellmut war gut informiert. Er konnte mir folgendes erklären:

»Carla, das hat mit den Rangeleien zwischen den Vereinigten Staaten von Amerika und der Sowjetunion zu tun. Lass den Kopf nicht hängen, die beiden Staatsführer werden schon nicht so dumm sein und die Welt in die Luft sprengen, selbst wenn sie es könnten. Ich werd' mich aber umhören, was die Gründe sind, und wie es weitergeht.«

Ein paar Tage später war der Keller im Haus meiner Mutter gefüllt mit Lebensmitteln in Dosen. Omi und Opi hatten ihre Kellerräume wieder geputzt, wo sie sich während der Bombenangriffe des 2. Weltkrieges aufgehalten hatten. Hellmut rief mich wieder an und erklärte mir:

»Die USA haben die Stationierung von russischen Raketen auf der Insel Kuba verhindert. Kuba ist eine große Insel, die vor den USA liegt. Zweihundert amerikanische Kriegsschiffe rund um Kuba haben russische Schiffe zum Umkehren gezwungen. Deswegen waren wir einem Atomkrieg sehr nahe.

Im russischen Radio hat dann der Herr Chruschtschow den Rückzug der sowjetischen Raketen von Kuba bekanntgegeben. Die USA erklärten, dass sie nicht in Kuba einmarschieren werden. Damit ist die Krise beendet. Siehste, es geht doch weiter«, versuchte Hellmut mich aufzuheitern.

Ich war erleichtert, denn ich glaubte Hellmut mehr als den anderen Erwachsenen. Allmählich kehrte wieder der Alltag ein und damit die tägliche Routine wie frühstücken, in die Schule gehen, Mittag essen, Hausaufgaben machen, an die frische Luft gehen, zu Abend essen, fernsehen und ins Bett gehen.

Ende 1964 trat Hellmut seine Stelle an der reformierten Kirchengemeinde in Binningen-Bottmingen an. Von da an war ich so oft es ging in Basel. Zunächst in einem älteren, kleinen Haus im Fuchshagweg.

Hellmut und Siglind beschäftigten sich intensiv mit uns Kindern. Entweder gemeinsam basteln oder vorlesen oder draußen im Garten spielen. Natürlich gab es im Gartenhaus wieder eine funktionierende elektrische Eisenbahn.

Es war mir als Teenager mit den Cousins nie langweilig, auch wenn es keine elektronische Großmutter gab. Das heißt, wir wurden nie vor einem Fernseher abgesetzt, um von einem Fernsehprogramm unterhalten zu werden.

Stattdessen eher klassische Musik aus Hellmuts Weltempfänger. Er fing er an, mit den Jungs HiFi-Anlagen zu bauen und riesige Lautsprecher.

Ich war gerne dort, denn es gab immer Gäste im Haus und Gesprächspartner. Das war meine dritte Heimat in Basel, und ich kannte alle Straßen, konnte mich alleine zurechtfinden. Ich wusste mittlerweile von Siglind, dass sie gerne auch eine Tochter gehabt hätte, und sie ernannte mich zu ihrer Tochter. Ich war ganz glücklich darüber.

Ich war gerne mit Siglind in der Küche, denn ich lernte, wie man köstliche Speisen mit einfachen Zutaten zubereiten konnte. Sie verwendete gerne Tomaten für Salat, aber die Haut der Tomaten musste immer abgezogen werden. Und in der Küche stand immer ein Sprachbuch, mit dem sie nebenher beim Kochen Vokabeln lernte. Welche Sprache? Russisch!

Als sich der sogenannte »Prager Frühling« ereignete – der Versuch, in der Tschechoslowakei einen »Sozialismus mit menschlichem Antlitz« zu schaffen, und andererseits die gewaltsame Niederschlagung dieses Versuchs durch einmarschierende Truppen des Warschauer Paktes am 21. August 1968. Und im August 1968 war ich wieder in Basel. Ich hatte im Fuchshagweg ein eigenes Schlafzimmer. Und was machte ich dort? Auch ich versuchte, Russisch zu lernen, ich war allerdings nicht so erfolgreich wie Siglind.

Das politische Drama war aber nicht das einzige Drama, dem die Familie Cramm und ich ausgesetzt waren. Hellmut hatte immer noch mit den Langzeitfolgen seines Unfalls zu kämpfen, nämlich mit Schmerzen und Schmerzattacken, die machmal unerträglich waren.

Es war gut, dass die Cramms Freunde hatten in der Nachbarschaft, die durch ihr Wissen und ihre Zuwendung helfen konnten. Das beeinflusste natürlich auch die Stimmung in der Familie. Aber letzten Endes war es Siglind, ihr positives Denken und ihre Zuversicht, sich nicht unterkriegen zu lassen.

Auch nicht durch das Gemeckere von Hellmuts Schwester. Was Hellmut auch machte, die Schwester kritisierte es. Jetzt war es die Wahl seines Autos. Das war ein großer Citroën, der eine geniale Federung hatte, aber völlig anders aussah als die Opels und Mercedes der damaligen Zeit. Aber für die Cramms war es genau das richtige Familienauto.

Meine Cousins waren jetzt größer und interessierten sich auch nicht mehr für elektrische Eisenbahnen. Aber wie alle Jungs für Autos. Aber was entstand dabei?

Das erste elektrisch angetriebene Fahrzeug, das sogar eine »Tankstelle« bekam in dem zentralen Autoparkplatz in Basel. Ein Impuls für Georg, sich in dieser Richtung auch beruflich zu entwickeln, den Grundstein zu legen für die späteren Firmen Crammtec zusammen mit Martin und ADS Engineering GmbH.

Todi und mehr

Die Familie Cramm zog dann um in einen Bungalow in der Bierastraße in der Nähe des heutigen Kantonsspitals. Als ich dort einen Besuch machte, entdeckte ich im Keller eine riesige Bastelecke. Hellmut und die Jungs bauten dort ein Segelboot. Georg brachte es per Anhänger nach Sardinien. Die Männer machten natürlich auch die notwendigen Bootsführerscheine, und vielen spannenden Sommerurlauben stand nun nichts mehr im Wege.

Georg erklärte mir, wie die Planungen für den Transport laufen sollen. Ich genoss es sehr, mit Georg bei Sonnenschein in einem Lokal zu sitzen. Wir beide bestellten eine einfache Mahlzeit, Tomaten mit Mozzarella. Ich fand den Georg absolut unkompliziert, aber alles, was er tat, wollte ich auch tun, eine Safari durch die Wüste, ein kleines Unternehmen gründen, oder mit anderen Worten, diesem Cousin hätte ich auch immer nachdackeln wollen. Wie alle Kinder im Erwachsenenalter hatten auch Hellmuts Söhne Distanz zu den Eltern und ihre eigenen Ansichten, aber der Respekt zu den Eltern war immer da.

Siglind und Hellmut hatten ihr ganzes Leben lang einen besonderen Lebensstil. Im Gästezimmer lebten immer Menschen, die auf der Suche nach einem besseren Leben in der Schweiz waren. Die Gäste wohnten dort meistens so lange, bis sie die Sprache erlernt hatten und eine Arbeit fanden.

Meistens saßen diese Gäste auch am Mittagstisch. Meine Tante kochte meistens für vier bis sechs Personen.

Die Teilnahme an diesem Mittagessen fand ich immer sehr angenehm und erheiternd, da Hellmut spannend und unterhaltsam erzählen konnte. Onkel und Tante waren auch immer gute Zuhörer, wenn die Gäste ihre Sorgen und Probleme anlanden wollten.

Auch ein dritter Cousin wurde geboren, der Tobias. Im Sommer 1971 durfte ich meine Cousins allein versorgen, weil Siglind und Hellmut einer wichtigen Aufgabe in Italien nachgingen.

Es bereitete mir viel Freude, den kleinen Tobias kennenzulernen. Er interessierte sich besonders für Musik. Er konnte schon mit drei Jahren auf dem Konzertflügel schöne Melodien hervorzaubern.

Auch meine Großeltern waren sehr entzückt, da es wohl endlich ein Kind gab, welches das Talent der Oma Hermine und seiner Mutter Siglind geerbt hatte.

Meine Mutter dachte aber nicht so. Sie erdachte sich jetzt so abstruse Geschichten über Hellmuts Söhne, dass es unwürdig wäre, ihr dummes Gerede auch nur andeutungsweise zu erwähnen.

Das Geschwätz meiner Mutter könnte man auch üble Nachrede nennen. Und wie reagierte ihr Bruder?

Nun, Hellmut reagierte überhaupt nicht. Er, der wortgewaltige Mann, ignorierte ihr Geplapper und sprach auch mit anderen Menschen nicht darüber. Ich denke, das nennt man Vergebung. Er vergab seiner Schwester und schloss sie sicher in seine Gebete mit ein. Ich fand das wirklich vorbildlich, ich wäre damals nicht in der Lage gewesen, so souverän zu sein.

Das war auch die Zeit, in der Hellmut mit anderen interessierten Menschen das »Friedensgebet« initiierte. Unter den Menschen waren auch Menschen von anderen Religionen. Jeden Freitag Abend traf man sich in der Kirche, um Gebete für den Weltfrieden zu sprechen.

Ganz besonders waren in dieser Zeit auch die Aufenthalte im Kloster Todi in Umbrien im Oktober.

Diese Meditationsaufenthalte waren auch von den Cramms initiiert, und die einzige Bedingung für die Teilnehmer war, dass sie ihre Religion oder Konfession nicht mitteilten.

Mein Cousin Tobias war immer dabei, und er schilderte mir seine Eindrücke so:

»Ab meinem 7. Lebensjahr bis in meine Teenagerzeit wurde ich immer mitgenommen in den Ort Todi. Dort gab es das von Nonnen geführte Kloster Santa Maria Annunziata. Wir fuhren von Basel mit dem Nachtzug bis nach Orvieto, dann ging es weiter in einen Bus bis zum Kloster.

Umbrien ist eine kleine, aber sehr abwechslungsreiche Region mit grandioser Architektur in zahlreichen schönen Städten, deren Ursprung bis in die Antike zurückgeht. Die Landschaft mit sanften Hügeln, Weinbergen, Olivenhainen und endlosen Feldern mit Sonnenblumen ist als das ›grüne Herz Italiens‹ bekannt.«

Tobias erzählte weiter:

»Eigentlich wurde ich gar nicht gefragt, ob ich mitwollte. Ich war einfach ein Mitglied einer Gruppe von etwa 60 Menschen – Frauen und Männer aller Altersgruppen –, die inmitten der umbrischen Naturschönheit eine erfüllte Zeit verbringen wollte. Jetzt ist diese Zeit in meiner Erinnerung ein wunderbares und wertvolles Geschenk für mich. Ich bin dankbar, dies erfahren zu haben.

Das Kloster mit seinen massiven Mauern hatte ein spezielles Ambiente. Ich tauchte ein in eine Welt der Ruhe und Entspannung. Die uns umgebende Natur war lebhaft, einschmeichelnd und umhüllend, ein Konzert aus Wohlgeruch, Naturdüften und Terracotta. Das Refektorium war spektakulär, ebenso die Speisen für unsere Gruppe. Die Nonnen schwebten sozusagen in den Saal mit köstlichem Essen.

Ich entdeckte auch ein Harmonium, das ich fest treten musste, um Melodien zu entlocken. Siglind organisierte kleine Wanderungen in dieser Gegend. Das war oft abenteuerlich, denn damals gab es noch kein GPS oder Landkarten auf Handys. Wir sind aber immer wieder zurückgekommen und hatten viel Spaß dabei.

Hellmut liebte den Baustil der Romanik sehr. Er erklärte wie ein Kunsthistoriker mit Begeisterung die Sakralbauten, die Statik und Fresken. Wir beschäftigten uns auch mit Franz von Assisi und seiner Vision von der Erneuerung der Kirche, aber auch mit Santa Ciara und

Sankt Benedikt. Zusammen mit Pastoralkollegen wurden die Gottesdienste bewusst ökumenisch gestaltet.«

Hellmut reiste aber auch in die DDR zu Tante Helene Diederich, der Schwester seines Vaters. Dort führte er in Hohenlobbese heimlich Konfirmationen durch. Das war mutig, aber es ist nichts passiert. Das Auto mit dem Schweizer Nummernschild wurde wieder aus der DDR herausgelassen.

Die Cramms als Vorbilder

Hellmut bereitete mit mir im Sommer 1983 meine erste Reise nach Israel vor. Er gab mir seine Kamera mit und meinte: »Carla, geh du für mich, ich kann doch so eine Reise nicht mehr machen. Schau dir alles genau an, spüre den Geist.«

Ich berichtete nach der Reise über meine Eindrücke an den verschiedenen heiligen Stätten und zeigte die Dias, die ich mit Hellmuts Kamera erstellen konnte. Der Onkel war allein mit mir, als ich erzählte: »In Tel Aviv gelandet, war ich in einer Stunde mit dem Bus in Jerusalem. Dort konnte ich innerhalb von Minuten zu Fuß zu wichtigen Orten der Juden, Christen und Muslime gehen: zur Klagemauer, zur Grabeskirche und zur Al-Aksa-Moschee.

Ich war überrascht, was ich erlebte: In der Kirche zankten sich Menschen und kreischten laut, in der »Via Dolorosa« stand eine Touristenbude neben der anderen, und man wurde ständig belästigt, Souvenirs zu kaufen. Auch vor der Klagemauer gab es großes Gewimmel. Männer und Frauen mussten sich getrennt in Wartelisten eintragen.

Einzig in der Al-Aksa-Moschee war es ruhiger und besinnlicher, der einzige Ort in Jerusalem, wo ich mich für einige Momente ins Beten vertiefen konnte, bevor ich aufgefordert wurde, die Moschee zu verlassen.

Nach zwei Tagen nahm ich einen Bus zum See Genezareth, sah einige Relikte aus der Geschichte in Kapernaum – das Geplärr aus den Lautsprechern in Jerusalem hatte aufgehört. Wasser und Sonne brannten auf der

Haut. Ich konnte es gar nicht abwarten, endlich den Bus nach Haifa zu nehmen.

Drei Tage lang hielt ich mich in Haifa und Akká auf, und was soll ich sagen, es war überwältigend. Welch ein Unterschied zu Jerusalem! Ich ging in Haifa zu Fuß zu den persischen Gärten, wie sie genannt werden. Dort erlebte ich nie vorher gekannte Schönheit und Ruhe, verzaubernde Blütendüfte, Besinnung, Freude und eine fast unbeschreibliche Harmonie.

Ein Kuppelbau am Rande der Gartenanlagen wirkte in seiner schlichten und zugleich majestätischen Schönheit wie eine Krone. Dieser Kuppelbau wird der »Schrein des Báb« genannt. Die Räume im Schrein sind zugleich Gebetsstätten für die Gläubigen. Dort fand ich zum ersten Mal in meinem Leben im Gebet vollkommenen Fokus, Ruhe und Zufriedenheit.

Der Blick vom Schrein des Báb über die Bucht von Akká verband das Blau des Meeres mit dem Grün der Bäume. Er ließ mich am Ende der Bucht das nahe Akká und im Garten Bahjí den Schrein Bahá'u'lláhs vermuten.

Im Schrein Bahá'u'lláhs wurde ich ohnmächtig, das erste Mal in meinem Leben. Ich brach einfach zusammen und mein Bewusstsein entschwand in eine andere Dimension. In diesem Zustand sah ich das Gesicht unseres Großvaters. Ich hörte eine Stimme: »Geh deinen Weg!«. Was das zu bedeuten hatte, konnte ich mir noch nicht erklären. Als ich wieder zu mir kam, sprach ich viele Gebete und ließ die besondere Atmosphäre dieses Ortes auf mich wirken.«

Hellmut meinte jetzt: »Ja, geh deinen Weg, du machst es gut und richtig. Ich bin nicht so frei wie du.«

Gemeinsam mit Siglind unterstützte er dann unermüdlich viele Hilfsprojekte seiner Gemeinde, wie beispielsweise für Üröm und Komlo in Ungarn.

Den Sommer genossen Siglind und Hellmut zusammen mit den Buben in Sardinien. Sie zelteten und kochten dasselbe, was auch die Hirten aßen.

Diese Einfachheit hätte auch Albert Schweitzer gefallen: Der Blick auf das Meer, die wilde Berglandschaft und das spezielle Licht. Hellmut lehrte die Hirten in Sardinien, wie man Solarpanelen benutzt. Hellmut war jetzt im ganz praktischen Sinne der Lichtbringer mit den Panelen, und im übertragenen Sinne der Fackelträger geistiger Wahrheiten für viele Menschen.

Ich wollte jetzt aber wissen, ob Hellmut gemerkt hat, dass Menschen den geistigen Wein ablehnten, wenn er versuchte, geistige Wahrheiten zu teilen.

Hellmut meinte, das sei bei ihm eine Art Alltag gewesen. Es habe einfach viele Menschen in Basel und Basel-Land gegeben, die seine Worte höflich ignorierten. Höchstens seine Schüler wurden manchmal aufmüpfig im Religionsunterricht, was Hellmut einfach nicht beachtete.

Dann zog ich 1998 um nach Freiburg. Siglind und Hellmut wohnten jetzt in Inzlingen. Ich besuchte die beiden dort wieder so oft es ging. Wieder verbrachten wir viele schöne Tage zusammen mit Lesen, Musik, mit Russischlernen und wie immer mit vielen Gästen zum Mittagessen. Im unteren Stock hatten wir alle Platz, Siglind, Hellmut, ein Gast aus den USA, mein Hund Rocky, eine Katze und ich.

Im Sommer fuhr Siglind immer fast zur selben Zeit nach Österreich zum Konzertieren. Dann hatte ich »Hellmut and me time«. Eine Woche zusammen mit dem Onkel, einfach unvergessliche, anregende Stunden voller Verständnis und Respekt.

Seine Schwester Inge hatte immer noch ganz eigenartige Vorstellungen vom Leben und versuchte auf ihre Art, Einfluss zu nehmen. Hellmut verzieh immer wieder ihre Manipulationsversuche, lud sie sogar nach Sardinien ein und bot ihr an, ein Stockwerk seines Hauses in Inzlingen zu beziehen. Letztendlich war nur ihr Lebensgefährte Hermann nicht bereit, sein geliebtes Aschaffenburg aufzugeben und nach Inzlingen mit umzuziehen.

Dann beerdigten wir meine Mutter im Januar 2009. Hellmut und ich gestalteten die Beerdigungsfeier gemeinsam. Wir lasen:

»Dies ist heute ein Moment, um innezuhalten und über den Sinn des Lebens nachzudenken. Es heißt in den heiligen Schriften: »Alle Menschen kommen von Gott, und zu Ihm kehren sie zurück. Lasst uns den Tod betrachten wie das Ende einer Reise. Mit Hoffnung und Erwartung. In der nächsten Welt wird der Mensch sich von vielen Unzulänglichkeiten, unter denen er jetzt leidet, befreit fühlen. Wer durch den Tod gegangen ist, lebt in einer eigenen Sphäre. Die Seele hat nun einen neuen Zustand erreicht, wo sie der Fesseln des Begrenzten ledig und aus der Welt des Leidens und Schmerzes entlassen ist. Sie setzt ihre weitere Reise fort.«

Hellmut hielt dann eine aufrüttelnde Predigt zum Thema »Einheit der Religionen«. Er begrüßte alle Anwesenden von der Kanzel in der Wertheimer Friedhofskapelle: »Friede sei mit euch, Shalom Shalom aleichem, Salam alaikum!«

Er fuhr dann fort: Wenn das Ganze hier einen Sinn für uns haben soll, dann müssen wir endlich erkennen, dass wir nur friedvoll weiterleben können, wenn wir die Einheit der Religionen erkennen, sie verstehen und danach handeln. Die Einheit, meine Damen und Herrn! In diesem Sinne möchte ich jetzt den Segen sprechen.«

Ich habe noch nie einen Theologen solch klare und mutige Worte sprechen hören, und das bei einer Beerdigung.

Nach der Beerdigung fuhren wir in den Schwarzwald nach Königsfeld. Hier zeigte sich Siglind wieder von der ganz mütterlichen Seite. Sie schaute sich mit Hellmut an, wie ich dort lebte. Sie meinte dann, das sei ein Zuhause für die Seele.

Dann gingen wir zusammen zum Albert-Schweit-zer-Haus in Königsfeld. Wir überlegten dort gemeinsam, ob Albert Schweitzer mit uns zufrieden sein würde. Wir blickten zurück und kamen zu dem Schluss: Sehr wahrscheinlich. Onkel Berti wird wohl mit uns zufrieden sein.

Als ich wieder ein paar Tage in Inzlingen verbrachte, fragte ich beim Einkaufen eine Frau in der Warteschlange in einem Supermarkt: »Tschuldigung, kann ich Sie etwas fragen? Kennen Sie die Cramms in Inzlingen?«

Die Antwort war: »Ja klar, die kennt fast jeder, die sind so bescheiden und so vorbildlich. Sie kümmern sich um alle Menschen, die Hilfe brauchen.«

Das hat mich dann doch gefreut zu hören.

Ehre, wem Ehre gebührt

Einmal besuchte ich ein grandioses Konzert mit Siglind in Freiburg im Großen Konzerthaus. Es war so offenbar, dass Siglind eine ganz herausragende Künstlerin war, die aber die große Karriere nicht verfolgt hatte, weil ihr Ehe, Familie und Aufgaben in der Gemeinde genauso wichtig waren.

Siglind hatte immer die Zeit und die Disziplin, Geige zu spielen. Hätte sie es nicht getan, hätten wohl ihre Griffsicherheit und ihr Ohr sich zurückgebildet. Ihre Aktivitäten als Musikerin entfaltete und vertiefte sie im Orchester, in Kammermusikprojekten und dem Unterrichten an der Musikschule Binningen.

Siglind unterstützte aber vor allem mit ihrem Lebensmut und ihrer Zuversicht den Hellmut, seine vielfältigen Aufgaben zu meistern. Wenn die Stimmung mal schlecht war zu Hause, war sie es, die brenzlige Situationen wieder beruhigte. Natürlich gab es wie in jeder Familie kontroverse Meinungen und Ansichten, auch mit den Söhnen. Sie und Hellmut, das war eine Art Symbiose. Sie ergänzten sich, und als Paar waren beide perfekt. Aus meiner Sicht hatte Siglind sogar mehr Ideen als Hellmut eingebracht, und freudig begrüßte sie immer die Gedanken und Vorschläge der vielen Menschen, die ihr begegneten.

Für ihre Mithilfe in der Ökumene und für ihre langjährige Kooperation im Dienst an der Menschheit wurde sie im Jahr 2003 angemessen geehrt. Ihr wurde die Ehrendoktorwürde verliehen von der katholischen Universität ich Eichstätt. Sie erhielt diese Auszeichnung, so die

Universität, weil sie unter anderem Privatinitiativen zur Hilfe für Kinder aus Tschernobyl gegründet hatte.

Aber nicht nur das. Die Fakultät sieht in Siglind eine Frau, die zwischen ihrem Glauben und Handeln, zwischen West und Ost und zwischen den Kirchen Brücken schlägt, beispielsweise durch den Aufbau einer Kirche in Ungarn.

Das Foto drückt für mich etwas sehr Typisches aus: Die starke Person auf diesem Foto ist Siglind, welche die Fäden in der Hand hat.

Jetzt erkannte ich auch, wie treffend der Trauspruch gewählt war, als die beiden heirateten.

Danach sind die beiden wieder nach Basel gezogen. Ich habe noch ein bisschen geholfen beim Umräumen. Viel hatte sich zusammengetragen im Laufe der Jahre. Siglind gab mir vor dem Umzug eine Vase in ihrem Lieblingsrot: das etruskische Rot. Diese Vase habe ich immer noch und halte sie in Ehren.

Aber je älter ich selbst wurde, umso größer war bei mir der Wunsch, bei Siglind und Hellmut zu leben oder zumindest in der Nähe. Aber erstmal gab es einen Umweg über Südkalifornien, wo ich einige Jahre mit meinem Mann Castadarrow verbrachte.

In dieser Zeit wurde Hellmut in Italien 2013 von Papst Franziskus zu einem Gespräch eingeladen. Der Papst lobte Hellmuts Engagement im interreligiösen Dialog sehr. Das war eben auch ein Papst, der frischen Wind in den Vatikan brachte und wahrnahm, wie die Welt sich veränderte.

Als Castadarrow und ich uns dann wieder in der alten Heimat niedergelassen hatten, rannte Siglind in Windeseile in Badenweiler die Treppen hoch und runter. Castadarrow meinte: »Wenn ich nicht mit dir verheiratet wäre, dann hätte ich Siglind heiraten wollen.«

Unruhestand

Als ich mit meiner Rückkehr nach Deutschland rechnen musste, weil ich wieder in Baden-Württemberg tätig werden sollte, plante ich mit Hellmut und Siglind unsere Rückkehr bis ins Detail, sogar den Rückflug.

Mit zwei Koffern landeten wir in Zürich. Wir hatten gehofft, ein rosa Haus in Muttenz beziehen zu können, aber das war bei unserer Ankunft nicht mehr vorhanden. So durften wir uns ein Auto und das Notwendigste für den Haushalt in Basel bei Siglind ausleihen und konnten eine Wohnung in Badenweiler beziehen, welche Hellmut für uns angemietet hatte. Ein Küchentuch aus dieser Zeit von Siglind habe ich immer noch!

Dann hatten wir wieder schöne Stunden mit allen Cramms in der Schweiz. Siglind musizierte, brachte Menschen zusammen, nahm uns mit zu einem Hauskonzert bei Tobias und brachte uns zum Lachen.

Castadarrow staunte besonders bei der Weihnachtsfeier im Haus von Georg, wie gut sich alle miteinander verstehen, zusammen singen und kommunizieren. Unter allen Familienmitgliedern, jung und alt, wurde in freundlicher und kooperativer Stimmung miteinander geredet.

Wir machten uns dann auf die Suche nach einem kleinen Häuschen für uns in der Gegend zwischen Freiburg und Basel, denn wir wollten unbedingt ein Teil der Familie Cramm werden. Aber es klappte einfach nicht, ein passendes Domizil für uns zu finden. Ich hatte nur eine maximale Summe zum Investieren von der Hausbank zur Verfügung, da ich noch die Schulden der Mutter abbezahlen musste.

Ich suchte etwa zwei Jahre lang. Hellmut war in dieser Zeit mein Dialogpartner, mit dem ich immer Lösungen fand. Irgendwann akzeptierten wir es, dass wir woanders eine Bleibe suchen mussten.

Siglind gab Castadarrow auch einen entscheidenden Hinweis, wie der Zusammenhalt unter Künstlern ist, und was er erwarten kann von Künstlerkollegen, nämlich nichts. Künstler sehen einander in erster Linie als Konkurrent. Das war sehr weise von ihr und öffnete ihm die Augen.

Jetzt hat uns alle das Alter eingeholt. Dennoch reisten Siglind und Hellmut wieder so oft es ging nach Sardinien. Mit der Insel hatten beide eine große Verbundenheit. Beide hatten nach der Rückkehr aus den USA, als Martin und Georg noch klein waren, in Santa Maria Navarrese Ferien gemacht, auch um dem hektischen Alltag der Schweiz zu entfliehen und einen Gegenpol der Ruhe und des Zusammenseins als Familie in einer ganz anderen Umgebung zu ermöglichen.

Das Leben auf Sardinien ist langsamer, was besonders für Hellmut »Entschleunigung« bedeutete und ihm sehr gut tat. Der Anblick des Meers, die wilde Berglandschaft und das spezielle Licht Sardiniens waren für die beiden über viele Jahre hinweg sowohl Kräftigung als auch Inspiration.

Sardinien war und ist für die ganze Familie Cramm Jahrzehnte lang ein magischer Ort geworden, der verzaubert. Unzählige Male war Hellmut dort und lud natürlich auch immer viele Menschen ein mitzukommen, um den einfachen Lebensstil zu genießen. Das tat auch ihm gut, die Reibungen des Alltags zu vergessen.

In diesem letzten Jahrzehnt mit vielen Begegnungen, häufigen Sardinienreisen und Gesprächen hat nun Siglind ihre Reise angetreten in die nächste Welt. Ich habe mir überlegt, wenn die Seele des Menschen weiterlebt, werden die guten Charaktereigenschaften der Seele von Siglind weiterleben, und das sind doch viele: Wahrhaftigkeit, Zuverlässigkeit, Treue, Gottvertrauen, Liebenswürdigkeit, Hilfsbereitschaft, Mut, Reinheit des Herzens, Geduld, Dienstbarkeit, Bescheidenheit, Kreativität und noch viele andere mehr.

Ich trage jetzt Siglinds Kleider. Schöne elegante Kleider, die sie selbst genäht hat aus edlen Stoffen. Aber kann ich auch in ihre Fußstapfen treten? Ich kann noch nicht mal ein Instrument spielen. Noch so viel habe ich zu lernen, aber meine Wunsch-Mama ist ein großes Vorbild, und in Gedanken höre ich ihre ermutigenden Worte: »Carla, mein liebes Mädchen, du kannst das.«

Auch Castadarrow und ich haben jetzt unseren Ruhepunkt gefunden in den Wäldern das Hochsauerlands. Aber der Dialog mit Hellmut geht weiter, der Sonntag wurde ein »Hellmut-Tag«. Ich kann immer noch mit ihm beraten über alles Fragen des Leben, ihn fragen: »Hellmut, was soll ich tun?«

Hellmut hat auch mitverfolgt, wie meine Romane entstanden sind und wenn ich zu Buchvorstellungen eingeladen wurde. Dann kam er auf die Idee, ich könnte doch auch ein Buch über ihn schreiben – und voilà, es ist fertig!

Schlussakkord

Kann man all diese Aktivitäten von Helmut als Nachdackeln bezeichnen?

Jein, nachdackeln ist ein Wort, das im badischen Raum machmal gebraucht wird, wenn jemand einem anderen Menschen ständig folgt oder sich sogar aufdrängt.

Ja, Hellmut hat in Albert Schweitzer ein Vorbild gesehen und ist seinen Ratschlägen gefolgt.

Und nein, denn Hellmut ging auch eigene Wege. Dabei machte mein Onkel auch seinem Vornamen »Hellmut« alle Ehre und ging mit hellem Mut wie ein Fackelträger als Erster in eine richtige Richtung.

Mein Onkel lebte aber nicht mit Tante Siglind in Afrika, und er konnte auch nicht mehr Medizin studieren und zum Abschluss bringen.

Da Hellmut und Siglind ein unteilbares Duo waren, so kam die Musik bestens durch Siglind zum Ausdruck und durch Tobias. Beide sind begnadetet Musiker. Ich wage zu behaupten, die beiden, Mutter und Sohn, sind in die Fußstapfen von Albert Schweitzer getreten.

Albert Schweitzer war nicht so sehr der üblen Nachrede ausgesetzt wie mein Onkel, aber Albert Schweitzers Familie reagierte auch mit Unverständnis, als Schweitzer im November 1919 eine Predigt für alle Verstorbenen hielt, er hat alle Menschen eingeschlossen, Franzosen und Deutsche. Das hat man dem Albert Schweitzer übel genommen.[11]

Für Hellmut war es das Sinnvollste, in Basel-Land zu wirken. Zudem erklärte Albert Schweitzer, dass es nicht nur ein Lambarene gibt, und jeder sein Lambarene haben kann, wenn man sich im Alltag jedem hilfsbedürftiges Lebewesen zuwendet, mit dem Ziel, es zu erhalten und so gut es geht zu fördern.[12]

Diese Ehrfurcht vor dem Leben erscheint damit auch heute noch ein unverzichtbarer ethischer Ansatz, um gegenwärtigem Übel entschieden und verantwortungsvoll entgegenzutreten. Je mehr Menschen sich dazu entscheiden, Albert Schweitzer zumindest ein Stück weit auf dem von ihm eingeschlagenen Weg zu folgen, desto wahrscheinlicher wird es, dass durch das eigene vorbildhafte Handeln wieder ein Stück mehr friedliche Gesinnung in die Welt getragen wird. Oder wie Albert Schweitzer sagte: »Ich glaube an die Zukunft dieser Zeit, aber wir müssen sie machen!«[12]

Das sollte auch uns Lesern ein Vermächtnis und Ansporn sein, im Sinne von Albert Schweitzer ein Leben in Frieden unserer Nachwelt zu hinterlassen. Sein ethisches Konzept war so tief und so weitreichend wie noch kein anderes durchdachtes akademisch-philosophisches Konzept.

Ein kleiner bescheidener Beitrag von mir als Autorin dieses Buches ist, dass der Erlös von allen meinen Romanen für Projekte gespendet wird, die der Förderung des geistigen Werkes von Albert Schweitzer dienen.

Danksagung

Diese Buch konnte nur entstehen, weil der Hofmusikus der Familie – mein Cousin Tobias – und ich eng zusammengearbeitet haben. Ich schrieb dem Tobias meine Fragen, er nahm Hellmuts Antworten mit einem Voice Recorder auf und schickte sie mir auf WhatsApp.

Unser Tobias bekam dann auch alle Manuskripte, welche die liebe Trudi dem Hellmut dann vorlas.

Eine sehr großzügige Unterstützerin des Schreibprojekts war Gesina Malisius vom Albert-Schweitzer-Haus in Weimar, die mir ein ganzes Paket voller Bücher von und über Albert Schweitzer schickte.

Aber nicht nur das, sie dachte auch mit mir zusammen mit, was die Welt an dem »Nachdackeln« meines Onkel interessieren konnte, und ich durfte auch ihr meine Schreibentwürfe schicken.

Der liebe Cousin Georg überwachte die Finanzen, da der Buchsatz und die Herstellung von Büchern bekannterweise auch Geld kosten.

Ich überließ dann den Buchsatz dem sachkundigen Ralf Wolf, der schon einige meiner Bücher hergestellt hat. Ralf sorgte auch dafür, dass alles ganz zügig vonstatten ging.

Mein Mann Castadarrow Thompkins hat viele Stunden meinen Rückzug in mein Arbeitszimmer akzeptiert und sich gefreut, wenn ich ihm über Ergebnisse berichten konnte oder ihm wenigstens die Fotos zeigte.

All diesen engagierten Mitmacherinnen und Mitmachern möchte ich meinen Dank ausdrücken, denn sie beflügelten meine Arbeit, und ohne sie wäre dieses Buch nicht entstanden.

Quellenangaben

1) Ute Frevert, »Mann und Weib, und Weib und Mann«.
Geschlechter-Differenzen in der Moderne, München
1995, Seite 182

2) Albert Schweitzer
Aus meinem Leben und Denken, ab Seite 14

3) Albert Schweitzer
Aus meinem Leben und Denken, ab Seite 34

4) Albert Schweitzer
Aus meinem Leben und Denken, ab Seite 12

5) Hafez Sabet
Die Schuld des Nordens
Bad König 1991

6) siehe dazu:
»Sieg über alles, was Leidenschaft heisst«. Die bürgerliche Sexualordnung um 1900, untersucht am Diskurs
über Geschlechtskrankheiten in Zürich, in: Franziska
Jenny / Gudrun Piller / Barbara Rettenmund (Hg.)

7) Brief von Hélène an Albert vom 22. Mai 1905

8) Albert Schweitzer – Helene Bresslau
Die Jahre von Lambarene 1902–1912
Verlag C. H. Beck, 1992

[9] Adolf Hitler
Ansprache an die Jugend
10. September 1938

[10] siehe auch zu dem Radiovortrag:
Harald Schützeichel
Albert Schweitzer – Damit das Leben Zukunft hat
Gebundene Ausgabe – 15. Juni 2009

[11] Dr. Roland Wolf, Antwort auf meine schriftliche Frage
an das Albert-Schweitzer-Zentrum Weimar

[12] Walter Munz,
Albert Schweitzer im Gedächtnis der Afrikaner und in
meiner Erinnerung
Bern/Stuttgart 1991

Fotos:

Alle Fotografien sind Privateigentum von Hellmut Cramm
bis auf das Foto von dem Titelbild, das von Frank Bürger
erstellt wurde.